KB145751

굼벵이의 사계

유영서 제4시집

시음사
시사랑음악사랑

QR코드 스마트폰으로 QR 코드를 스캔하면
시낭송을 감상할 수 있습니다

 본문
시낭송
감상하기

 제목 : 사월의 그림처럼
시낭송 : 박영애

제목 : 벨 소리 속의 봄
시낭송 : 박영애

 제목 : 사월의 거리
시낭송 : 박영애

 제목 : 장미의 유혹
시낭송 : 박영애

 제목 : 숲속의 정원
시낭송 : 박영애

 제목 : 비 오는 날의 수채화
시낭송 : 박영애

 제목 : 가을옷 한 벌 걸치다
시낭송 : 박영애

 제목 : 찐빵 울음 울다
시낭송 : 박영애

 본문 시낭송 모음

영상은 YouTube 정책 또는 운영 관리에 따라 삭제될 수도 있습니다.

시인은 자연을 이야기하고 시낭송가는 자연을 품었다
글자는 날개를 달아 언어로 날고 소리는 자연에 눕는다

시인의 말

흙 속에 살고 있는 굼벵이가
광대가 되고 싶었습니다
배우가 되고 싶었습니다

꿈의 옷 한 벌 걸치고
나비 되어 훨훨 날아오르고 싶었습니다

1집을 낸 게 엊그제 같은데
4집을 내게 되었습니다
복도 참 많은 사람입니다

굼벵이의 사계
이 놀이판은 일기처럼 풀어놓은
내 삶의 발자취로 여겨주시면 감사하겠습니다

꿈을 잃지 않도록
격려와 사랑을 주신 사랑하는 벗님들께
감사드립니다

더욱 정진하여
사랑받는 글쟁이가 되겠습니다.

2023. 7월에 유영서

* 목차

제1부 봄의 정원

제2부 여름 풍경

* 목차

제3부 가을 사색

제4부 겨울이 오면

제1부 봄의 정원

굼벵이

굼뜨지요
징그럽지요
이래 봬도
숲의 장인들이 만들어 놓은
정원에서는
광대이자 배우입니다

꽃의 요정들 사이에선
꽤 인기가 있는
웃긴다고 그러시겠지만
내가 사는 정원에서는
갈채 받는 굼벵이
자랑스러운 굼벵이입니다.

다정한 손

덥석 잡은 손이
봄비 같다

촉촉이 흐르는
이 감정 뭐지

그 사람 마음속에도
내 마음속에도

살며시
눈 틔우고 오는 봄.

봄 그리고 가을

봄이
신명 나게 꽃피우는
꽃바람이라면

가을은
가랑잎 하나에
의연하게 끌려가는
굴렁쇠 바람.

찔레꽃

외롭고 고독해서
가만히 있으면
너무 아플 거 같아

온몸을
가시로 찌르며
오월 푸른 뜨락에
고독한 문장 하나

하얗게
꽃피우고 있습니다.

오월의 여왕

만지려다
그만
가시에 찔려 버렸다

어이쿠
자존심하고는
한데 어쩌누

콕 찌르며
쏘아보는 저 얼굴
고혹적인걸.

떠나간 봄

연둣빛
잎새 위에
꽃잎 떨구고 갔다

슬픈 영화처럼
비바람 속을
헤치며 맨발로 걸어갔다

꽃잎 한 장 주워 들고
고운 입맞춤
시인은 눈물 흘린다.

들꽃의 일생

외롭게 피었다 집니다

감춰 놓은 그리움
하늘처럼 가득한데
사라진 나비는
다시 오지 않았습니다

불현듯
평생을 외롭게 살아가시는
옆집 노모의 얼굴이
내 가슴을
후벼파고 갑니다.

십자수

목단꽃 필 때면
엄니의 모습이 보입니다

대청마루에 앉아 달빛을 깁듯
목단을 수놓고 계십니다

지금은
기억 속에 희미한
엄니가 차려놓고 간 상보 위에
저리도 환하게 피었습니다.

믿음

즐겨 걷는 둑길에
꽃씨 하나
묻어 두었었다

봄비 내리자
여린 초록이 쏙
힘 돋았다

그것도 당당하게.

사월의 그림처럼

천상의 화가가
그려 놓았나보다
비 온 뒤 깨끗하게 그려진
맑은 수채화

말간 하늘이 그렇고
몇 점 떠가는 구름이 그렇고
푸른 옷 갈아입은 나무며
산들이 그렇고
어린 새싹 키우는 들녘이 그렇고
일어서는 풀들이 그렇고
화사하게 웃는 꽃들이 그렇다

길가는 나그네 마음에
아름다운 것들로 가득 채워져 그렇고
내친김에 수채화 속 그림처럼
풍경 한 채 지어 놓고
소박하니 웃으며 살다 가면 좋을 것이고
그림처럼 살다 가면 더욱더 좋을 것이다.

제목 : 사월의 그림처럼
시낭송 : 박영애
스마트폰으로 QR 코드를 스캔하면
시낭송을 감상할 수 있습니다

봄날 같은 사랑

꽃집 앞을 지나는데
예쁜 꽃 하나 눈에 들어온다

너무 고와서
누군가에게 줄 깜짝 선물로
꽃 하나 살까 하다가
그만두었다

그러면 그렇지!
이 나이에 무슨 사랑 고백처럼
빈털터리 같은
내 사랑이 늘 그랬다.

혼의 꽃

얼마나 보고프면
허리 굽어 피었을까?

부모님 산소에
할미꽃 피었길래
적적하고 외로울까 봐
고이 파 화분에 심어
집 베란다로 옮겼다

날마다 지팡이 짚고
꽃밭을 거니시며
허허 웃고 계신다.

화살나무의 기억

홑잎 돋는다

기억 저편 봄 동산
어머니 앞 보자기 두르시고
산판을 누비시며
홑잎을 훑고 계시다

산 아지랑이 가물가물
어린 꼬맹이가 풀피리 불며
참꽃 따 먹으며 뛰놀고 있다.

3월 봄비

삼월 가는 어느 날
가슴 씻어줄 봄비 내리고

목련꽃 피면
함 다녀가라 하기에
연두색 우산 쓰고
그곳으로 달려갑니다

몸은 멀리 있어도
마음으론 하나
비 맞고 웃음 띠며 기다리고 계실
그대 얼굴 떠올립니다

스치는 풍경 속
목련꽃 피었길래
비바람 꽃잎 질라
마음만 동동
헛발만 내딛고 있습니다.

벨 소리 속의 봄

길을 걷다가
콘크리트 틈새를 뚫고
일어선 봄을 본다
저런 용기라면
넘지 못할 일이 없겠다

박수를 보내는데
핸드폰 벨이 울리고 있다
오랜 투병 끝에
병원 문을 나선다는
친구의 목소리

오늘 내가 본 것은
콘크리트 틈새를 뚫고
일어선 봄인데
따뜻한 봄날의 하늘처럼
친구의 목소리가 맑다.

제목 : 벨 소리 속의 봄
시낭송 : 박영애
스마트폰으로 QR 코드를 스캔하면
시낭송을 감상할 수 있습니다

홍매화 피던 날

바르르 떨며
요염하게 가슴 풀어헤친
입술 붉다

짓궂은
바람 때문이런가

한참을 서성거리며
보드라운 속살
붉은 입술에 눈이 멀었다.

삼월은 꽃 배달부

눈이 부신 삼월 언덕
꽃망울 움튼 나뭇가지에
따뜻한 감성 하나
걸어 두고 왔습니다

하룻밤 자고 나니
꽃이 피고 시가 되어
말간 봄비로
정갈하니 몸 씻고
사랑이라는 이름으로
꽃 배달 왔습니다.

그 마음 내 마음

간밤에
내가
몹시 앓는 꿈을 꾸었지

아침에 눈을 뜨니
우리 집 담장 밑
홍매화 붉게 물들었지

그 마음
내 마음이런가

산고 치르느라
밤새
저리 아파 울었구나!

봄의 연서

늙지도
병들지도 않는
사랑처럼 봄이 온다기에

나는 밤마다
부슬부슬 내리는 봄비를 붙잡고
후미진 산골짜기를 쏘다니며
연분홍 진달래꽃으로
엉엉 울었다.

봄날의 환청

길 가다
멈칫

지갑 속에
몰래 숨겨둔 사진 속 그녀가
뛰쳐나와 나를 부른다

흠칫 놀라 바라보니
길섶에
노란 꽃이
웃으며 피어 있다

어쩌랴
저 고운 미소로 하여
갈 길도 잃은 채
헛웃음만
방방 날리는 중이다.

그냥 좋아서

봄이 오는 길목에
그대 얼굴 그려 놓았더니
꽃이 되었네

너무 고와서
이월 뜨락에 걸어 놓았더니
꽃이 피었네.

봄의 찬가

통도사에
홍매화가 피고
거리마다 화르르
봄날 오는 중이다

손잡고 봄맞이 가자
장롱 속에 세탁해 둔
예쁜 옷 꺼내 입고
모두가 청춘이다

까르르 웃음소리 들린다
너도나도 꽃처럼
봄 속에
얼굴 들이미는 중이다.

봄으로 피운 시

봄이 왔으니
봄 속으로 걸어갑니다

외치는 곳마다
꽃이 핍니다

사방이
금세 환해집니다

이처럼
화려한 날이 있을까요

일흔둘 내 나이
봄 속에 들어앉아

꽃 시 한편
멋들어지게 피워보겠습니다.

남녘에서 온 봄 편지

남녘 끝
어디쯤에서일까
선명하게
붉은 낙관이 찍힌 편지가
내게로 왔다

너무 고와서
고이 열어보니
흥건히 젖은 핏자국
산통을 겪으며
홍매화가 선 분홍빛
꽃망울을 터트리고 있다.

봄의 예찬

아무 말 마셔요
나의 눈짓은
봄 속에 화르르 피는
꽃입니다

저 산에
저 들에
저 강가에
그대 마음 깊숙이 피는
꽃입니다.

사월의 거리

봄날의 희망이
꿈결처럼 일어선다

연초록 푸른 잎
꽃비 내리는 거리가
행복으로 넘친다

오가는 사람
스치는 사람마다
손잡아 주고 싶다

비가 오려나
괜스레 눈물이 난다

사월 가기 전
사랑하는 사람들에게
향기 한 줌 나누고 싶다.

제목 : 사월의 거리
시낭송 : 박영애
스마트폰으로 QR 코드를 스캔하면
시낭송을 감상할 수 있습니다

추억의 브로치

봄을 읽으러 들녘으로 나갔다
가도 가도 꽃물결이다

풍요 속 빈곤이 아니라
향기 속 빈곤이다

몽롱하니 들녘을 거닐다
무심코 지나칠 뻔한
여린 풀꽃에 눈길 간다

어릴 적 이웃집 동무와
들녘을 뛰어놀다
이름 불러주던 꽃
저 꽃 꺾어
브로치 하나 만들고 싶다

지금은 나이 들어
기억 속에 희미한
머리 희끗희끗한
어디쯤 살고 있을 그대

고운 추억 담아
옷고름처럼 매달아 주고 싶다.

두 마음

마음 밭에
사랑 용서
하나씩 품고 살았다

그 마음
참 대견하다

내 안에 사랑 미움
날마다 하나씩 씻겨서
내보내고 있다.

문득

가슴에
묻어둔 것들 때문에
눈물이 난다

꺼내놓고 보니
죄다 얼룩진 그리움이다

차라리
꺼내지나 말걸

늘 마시던
달달한 커피 믹스가
유난히 쓴 아침이다.

여백이 있는 공원

바람 찬데
노부부 둘이 손을 꼭 잡고
공원길을 돌고 있다

발도 맞추고
마음도 맞추고

이런 재미로 사시는가 보다
이런 멋에 사시는가 보다

따뜻한 햇살이
걸으시는 내내
포근하게 감싸 안으며
동행하고 있다.

일일초

여보 이 꽃 좀 봐요
한 송이씩 매일 핀데요

아내가 사 들고 온 꽃을 보며
예쁘다고 한다

이제부터 우리
꽃처럼 웃으며 살아봐요

아내가 매일 같이
꽃을 보며 실실 웃는다

나도 따라
괜스레 실실 웃는다

허허허 이러다 우리
알콩달콩 금실 좋은 부부로
십 년은 젊어지겠다.

백지에 시를 쓰다가

심성이 모자란 글쟁이는
글만 보이고
심성이 넉넉한 글쟁이는
향기를 읽는다

하얀 백지 위에
시라는 낱말 하나
꾹꾹 눌러 쓰다가
작년 봄 둑길을 거닐다
가슴에 묻어 두었던
들꽃에 물어보았다

뽐내지도 자랑하지도 않지만
그 향기 바람 타고
천리만리를 가지요?
들꽃의 대답은
그냥 웃기만 했다.

제2부 여름 풍경

오월 들녘 풍경

연못가에
연 이파리 둥둥
차오르는 걸 보니
여름 오나 봐

들녘에 청보리
토실토실 익어 가는 걸 보니
여름 오나 봐

들판에 갈댓잎
살찌는 소리 들리는 걸 보니
여름 오나 봐

바람은 비와 구름
봄 햇살을 데리고
강을 건너고 있다.

장미의 유혹

고혹한 너를 바라보고 있으면
그녀가 떠오른다

요염하고 섹시해
묘하게 끌리던 그녀

그런데 주책맞게
왜 이렇게 웃음이 나지

아하!
내가 기억하는 건

방금 내 앞을 스쳐 지나간
장미 향수를 풍기고 간
묘령의 그녀

잊어버리기엔
시선이 너무 강렬했다.

제목 : 장미의 유혹
시낭송 : 박영애
스마트폰으로 QR 코드를 스캔하면
시낭송을 감상할 수 있습니다

깨끗한 아침

어깨 스치며 지나가는 여름
소나기 몰고 온
질펀한 숲길을 걷다가
속살 씻으며
말갛게 서 있는 나무를 본다

그랬다
어느새 한 잎 한 잎
붉게 물드는 나뭇잎도
일흔쯤 걸어가는 내 모습도
맑게 갠 하늘처럼
비워야 한다는 것을 안다

이참에 미련 같은 거
툭툭 털어버리고 가자
스스럼없이 동화되는
가을을 맞는 아침이 깨끗하다.

봉선화

어릴 적 뛰어놀던
고향 집 담 모퉁이

담장 밑 꽃밭에
장난 섞인 웃음소리

꽃잎 으깨어
칭칭 동여맨 열 손가락

밤새 그리워하던
첫사랑 얼굴인 양

누이의 손톱 위에
반달처럼 피었습니다.

숲속의 정원

산봉우리에
구름 한 점 사뿐히 내려앉는다

숲속은 어둡고 조용하다

가끔
숲속의 어린것들이 외로울까 봐
햇살이 놀다 간다

밤새 퍼부은 비로
흠뻑 젖은 몸 매만지고 있는
야생화가 곱다

어쩌랴
지친 나그네 널 찾아 여기까지 왔으니
가슴에 품은 못다 한 이야기
조곤조곤 풀어내며 사랑 고백 중이다.

제목 : 숲속의 정원
시낭송 : 박영애
스마트폰으로 QR 코드를 스캔하면
시낭송을 감상할 수 있습니다

46

장맛비

빗소리에 갇혔다

두들기며 내리는 비
삭신이 쑤신다
위로받고 싶은 날이다

빈대떡 두 장에
막걸리 세 통
취하도록
세차게 퍼붓는 비.

채송화꽃

또래 중
키가 제일 작았죠

얼굴은
동그라니 예쁘고요

보조개 살짝
양 볼이 발그레한
그것만 기억나네요

갈래머리 땋고
생글생글 웃던 계집아이.

유월의 편지

장의자 위에
유월이 던져 놓고 간
고운 잎새 한 장

저 고운 잎새 위에
무슨 말을 적을까

시인은 망설임 없이
저 고운 잎새 위에
붉은 글씨로 사랑해 라고 쓴다

아마도 이 글을 쓴 시인은
이 글을 전해 받은 그이는
가을까지 얼굴 붉겠다.

풍경이 우는 찻집

풍경이 우는
찻집에 앉아 차를 마신다

고전적인 음악이
찻잔 위에 내려앉는다

창가에서 바라본
호수 건너편 불빛이
한 폭의 서양화 같다

차향 그윽한데
여백 위에 바람이 인다

나뭇가지에 매달려 있는 풍경이
호수의 마음을 담아
덩그렁 울고 있다.

물속의 수채화

고요가
그림을 그리고 갔다

수면 위로
이파리 몇 점 그렸을 뿐인데
봉긋이
꽃대 하나 솟아올랐다

가만히 들여다보고 있노라니
꽃 피거든 구경 오란다.

비 오는 날의 수채화

간질거리는
속삭임처럼 실비 내리고

모퉁이 돌아
국숫집 화단에
수선화

설레는 가슴
멈칫 발걸음 옮기다
사진 한 컷 찍고

비 오는 날
녹아내리는 그리움
가슴속 그대인 양
가만히 바라봅니다.

제목 : 비 오는 날의 수채화
시낭송 : 박영애
스마트폰으로 QR 코드를 스캔하면
시낭송을 감상할 수 있습니다

개망초꽃의 추억

할머니 세 분이
개망초꽃을 바라보며
조용히 웃고 계신다

어릴 적 소꿉놀이할 적
저 꽃으로 계란프라이 부치며
즐겁게 놀았는데

백발이 하얀 세 분이
소녀가 되어
깔깔거리며 웃는다

이웃집 철수가 그리웠을까
개망초 꽃밭에 빙 둘러앉아
할머니 세 분이
맛나게 밥을 먹고 있다.

접시꽃

초승달
눈꼬리 치켜뜬 밤

담장 밑에
오롯이 피어있는
접시꽃 너를 보면
자꾸만
그 사람 생각이 나

바람아
오늘 밤은 좀
조용히 지나가면
안 되겠니?

유월의 프로필

유월의 산야에선
자꾸 탄약 냄새가 난다

가끔 불어오는 바람 소리가
울부짖는 곡성처럼
기이한 소리로 들리는 거 같다

담장 쳐진 길 밖에
붉게 쏟아놓은 꽃잎이
동족상잔의 비극을 안고 쓰러진
호국영령들의 피처럼 얼룩져 있다

유월은 그런 것이다
잊어버리고 싶어도
잊어버리지 못하는 포성처럼
소나기 한줄기
요란스레 지나가고 있다.

유월 풍경

오빠야 놀자

봉숭아 꽃잎 찧어
열 손가락 곱게 물들이고

보조개 웃음 흘리며
두 손 흔들어 보이던
가시네

피식 웃는 머슴아이에게
오빠야 나 예쁘지
응

유월
어린 시절 풍경이 그랬다.

길의 회상

가끔 나는
푸른 들판에 누워
하늘을 보지

어린아이처럼
투명하게 살고 싶어
하늘을 담지

정갈하고
맑은 길 가게 해달라고
소원을 빌지

올려다본 하늘가
구름처럼 살면 되지!
가볍게 살면 되지!

수국

밤새
소쩍새
저리 울더니

가슴
여미는 상사요

이른 새벽
담장 밑 고운 뜨락에
달빛 풀어
저리 곱게 여미며
피었습니다.

해당화

정오의 태양 아래
날름거리며
피어 있는 꽃잎이

내 사랑하는 여인의
뜨거운 혓바닥을 닮았다

오! 달디 달은 저 향기
내 침샘을 자극하는
오늘 밤
희열은 무조건 덤입니다.

짝 잃은 산비둘기

구름이
하늘을 가린 날
산비둘기 한 마리
울고 있다

임 부르며
목 놓아 울고 있다

지는 꽃잎보다
더 슬피 울고 있다.

안녕 애기똥풀 아가씨

아침 산책길
눈 맞아
주고받는 인사가 곱다

어디선가
반갑게 만난 사람처럼
몇 해지기 다정한 동무처럼
우연히 꼭 보고 싶은 연인처럼
내일도 모레도 벙긋
웃음 띠며 기다리고 있다

방게도 기어다니고
풀벌레 새가 우는
소래 습지 생태공원.

살다 보면

바람 분다
시도 때도 없이

바람 잔다
언제 그랬냐는 듯

인생
바람 같은 거

살다 보니 익숙하다.

비 오는 날 카페에서

G 선상의 아리아처럼
비가 내리고
카페에 앉아
찻잔 기울이는데

창밖에 조용한 빗소리는
아우구스트 빌헬미처럼
왜 이리 고요하게
바이올린을 켜고 있는지

구름처럼 몰려오는 심사가 그렇고
이유 없이 누군가가 그리워서
비 맞고 서 있는 풍경 속에 나무처럼
어디쯤 비 맞으며
풍경 속을 걷고 싶다.

가녘에서

할머니 세 분이 길옆 모퉁이에 앉아
채소를 팔고 있다

갓 따오신 오이며 가지 호박순 푸성귀
텃밭에 채소들이 턱 고이고 앉아
손님을 기다리고 있다

길 가던 아낙네
쭈뼛쭈뼛 한마디 묻는다
왜 그리 채솟값이 금값인지요?

힐끗 쳐다보시며 쏘아붙이듯
할머니 한 말씀 내뱉는다
몰라서 묻는 게요?
장맛비에 채소밭이 몽땅 녹아 버렸소

푸념처럼 내어 뱉은 할머니 뒤편으로
후드득 장대비 퍼부으며 지나간다.

들판에서

비 맞고
함께 걸으실 거죠?

눈치 하고는
입술 파리하니
들꽃이 묻는다

어찌 알았을꼬
절 보러 오셨잖아요

아차
들켜 버렸다

내가
같은 마음이라는 것을.

시와 외출 중

나는 가끔
시를 데리고 외출하지!

시도 가끔은
외로움을 타거든

나는 들판
너는 바람으로 놀다가

돌아올 때는
그리움 담뿍 채워
웃으며 돌아오자.

마음은 변덕쟁이

비가 내리는 날엔
마음의 색깔도 달라집니다

어떤 시간은 꽃 피는 봄
어떤 시간은
낙엽 지는 가을입니다

몸은 가만히 있는데
마음이 가만히
있지를 못합니다

흔들리는 건 잠시일 뿐
비 개면 맑은 하늘
내 마음도 푸르겠지요.

제3부 가을 사색

갈잎에 쓴 편지

저 잎 다
사그라들면 어쩌지

저 잎 다
부스러지면 어쩌지

저 잎 다
바람에 훌훌 날아가 버리면
어쩌지

마음은 급한데
보고 싶다는 말밖에
쓸 수가 없네요

사랑한다는
말밖에 쓸 수가 없네요.

가을의 노래

지휘자도 없다
음계도 없이
무반주의 가을이 지고 있다

시인은
무릎 꿇고 경청하며
눈물 흘린다.

늦가을 산행길

시장기 도는 오후다
일손 놓으니 딱히 할 일도 없고 하여
점심도 거른 채 산길을 오른다

갈채 받으며 떠나는 낙엽들
헐렁해진 숲길을 바라보며
오르다 서기를 몇 번
뒤따라온 바람 얼굴 닦아 주길래
산등성이에 앉아 붉은 노을을 본다

하늘빛 깊은데
조각배처럼 떠가는 구름 여유롭다
속세 찾아 떠나는 물소리
새들의 노랫소리
한바탕 구성지게 들렸다 사라진다

문득 강 건너 들판 가로질러
기차가 가을을 매달고
쏜살같이 내달리고 있다

이런 산행이라면
일 년 열두 달 혼자여도 좋겠다.

수행자들

햇살은 무뎌지고
하늘 깊은데

가을빛 고운 날

나는 보았습니다
나는 들었습니다

아무렇지 않게
툭툭
낙엽 떨구는 소리를
낙엽 지는 소리를.

가을이 쓴 시

가을 참
드라마틱하다

곱게 물드는가 싶더니
속절없이 진다

가을 가을 하기엔
너무 짧은 생

시 한 편
깔끔하게 쓰고 간다.

아픈 가을

왈칵
쏟아놓은 가을이 붉다

그런데
왜 이리 내 가슴이
찢어지게 아려오지

가을볕에
잠시 쉬어가는 내 심사

지독히도 아픈
저 가을 때문인가

오늘 나는
마음속으로 많이 울었다.

가을 너

덧셈도 뺄셈도 없는 가을이
빈 몸으로 서 있다

이 얼마나 공평한 일인가
가을
참 아름답다.

부고장 받아 들고

계절이 바뀌니
자꾸만 비보가 날아든다

사랑하던 사람들은
하나둘 떠나가고
나도 이제 서서히
정리할 나이가 되었는가 보다

허전한 마음 달래며
텅 빈 들녘에
허수아비처럼 서 있다
바삐 날아들던
새 떼도 보이지 않는다

아직은 비움 하기를 기다려 줄
버틸 힘이 있다는 거
이렇게라도 서 있으니 참 다행이다

마음에 아스라한 발자국 남기며
끝자락에 머문다는 것이
얼마나 소중한지
몸소 느끼는 중이다.

가을의 기도

가을이
무릎 꿇고
고요히 앉아서 기도합니다

풍요를 주셨음에
땀 흘려 거둔 것들을
나눌 수 있음에 기도합니다

제 할 일 다 하고
빈손으로 떠날 수 있음에 기도합니다

가을이
간절한 마음 담아 기도합니다.

단풍 난 길을 걷다가

쪽빛 하늘에
구름 몇 점 그렸습니다

길 떠나는 가을이
외로울까 봐서 말입니다

가난한 시인은
슬퍼서 노래하고

글 향기 가득 채워
가랑잎에 띄웁니다.

들국화

가을 되니
모두 다 떠나는데

내 허한 가슴을
다정히 어루만져 주는

네가 있어 그런대로
버틸 만하다

고맙구나
나 외로우면 눈물 나거든.

황금 들녘

들길을 걷노라면
밀짚모자 쓰시고
겸손하게 나락을 베시는
아버지가 계시고

논둑길 따라
새참 머리에 이고 오시는
어머니가 계시고

메뚜기 잡으며
마냥 신나서 꿈을 꾸는
어린 내가
뜀박질 뛰며 달리고

계시고
계시고
꿈을 꾸고 달리고
넉넉한 웃음이 황금빛으로
넘실거리고 있습니다.

갈잎이 띄운 사연

아름다운
눈물을 보았다
가을이 그렇다

깊어져 가면 깊어갈수록
갈잎 한 장에 띄운 사연이
저리 붉을 줄이야

누가 가을을
슬픈 계절이라 노래했는가

가을은
가슴으로 읽을 때
눈물 나게 아름답다.

기억 저편

갑자기
그 사람이 보고 싶어졌다

받아 든 단풍 고운 사연에
눈시울 붉어질 줄이야

내가 모르는 곳 어디쯤
잘살고 있으련만
왜 이리 보고 싶은 거지

잊어버리기에는
너무 눈에 선하다.

저 꽃이 뭐길래

다른 곳으로 가볼 테야
오늘은

작심하고 나선 길
돌아 돌아 멈춰 서니
어제 그 자리

어쩌지
수줍게 앉아 있는 너의 모습

이러면 안 되는데 하면서도
발걸음 너에게로 향하는 걸

아무래도 난
이 가을에 깊은 사랑에
빠진 거야.

가을비

석양에
노을 붉은데

고운 옷 갈아입은 단풍
저리 고운데

왜 이렇게
눈물 나지

가을비
눈물 찔끔 흘리고 갔다.

차창 밖 가을 풍경

배낭은 메어 무엇 하랴
목적지 없이
바람처럼 떠나는 여행길이다

여울지듯
떠나갈 것들이 줄지어
눈에 들어온다

햇살로 도금한 들녘이
눈부시게 황홀하다

간혹가다
가을을 지고 가는 농부의 뒷등이
성자처럼 따뜻하게 보인다

논둑길 따라
쑥부쟁이 하늘빛 머리에 이고
하얗게 피어 있다.

가을의 독백

이제 막
서늘한 바람 부는데

피멍 들어
각혈처럼 쏟아 놓은
저 피

왜 이렇게
가슴 아픈 거지

야윈 몸으로
성급히 내려앉은
가을.

가을의 길

점점 야위어 가는
풀잎을 본다

밤새 흩뿌리고 간
눈물비

초롱초롱 물방울이
슬픔처럼 고여 있다

물끄러미 바라보는 나에게
풀잎이
조용조용 말을 건넨다

"가을이니까요
스스로 비우는 계절이거든요."

가을옷 한 벌 걸치다

시장통처럼 가을이 북적거리고 있다
경기는 바닥을 쳤는데
옷 파는 가게마다
알록달록 등산복 일색이다

무슨 옷을 걸쳐야
때깔 나게 폼이 날까
금세 알아차렸는지
단풍나무집 옷 가게 주인이
생글생글 웃으며 다가선다
방금 지어낸 옷이라며
붉은 옷을 권장한다

그래 이 옷 한번 걸쳐 보자
걸쳐 입으니 신수가 훤하다
어깨도 들썩
콧노래도 흥얼흥얼
이참에 멋진 가을에
애인 신청이나 해 봐야겠다.

제목 : 가을옷 한 벌 걸치다
시낭송 : 박영애
스마트폰으로 QR 코드를 스캔하면
시낭송을 감상할 수 있습니다

구월의 편지

밤새
누군가 고운 사연
적어 놓고 갔나 보다

그이의 마음은
얼마나 곱고 예쁠까?

바람 한 점 없는
호젓한 공원에
기척에 그리운 사연들
저리 곱게 매달려 있다.

문득 고향 그립다

추석 이맘때쯤
고향 집 그리울 땐
내가 사는 동네 뒤 방죽 뜰
들녘을 거닐어 본다

초평저수지처럼
큰 저수지는 아니지만
아담한 청룡 저수지도 있고
봄 되면 뒷동산에 뻐꾸기도 운다

장수천 천변에 철 따라
곱게 핀 야생화
한가로이 노는 백로와 놀다 보면
하루해가 붉은 노을로
서녘 하늘에 걸친다

지금쯤 고향길 들녘엔
메뚜기 떼 후드득 날고
맑은 시냇가에 피라미 떼
거슬러 오르면
파리 흘림 낚시하던 어린 시절 그립다

어머니 아버지가 누워 계신
양촌 마을 뒷산에 갈잎 곱게 물들어
이제나저제나
고향 떠난 아들 보고 싶다 손짓한다.

가을 소묘

와인처럼 숙성된
붉은 가을이다

사내 둘이
술을 마신다

이보게
한잔 받으시게

주거니 받거니
잔 속에 채워진 가을이
와르르
슬픔을 토해내고 있다.

홍조 띤 가을

날씨 참 좋죠

이 가을에
누군가 사랑한다
고백하였나 봐요

참 순진하지요

얼마 후면 이산 저산
살금살금 다니며
부끄럼 타는 여인네처럼
발그레하게 얼굴 붉힐 거예요.

노부부의 가을

할머니 할아버지 공원 길 걷다가
바람결에 날아온
낙엽 한 장 주워 든다

참 곱다
예쁘지 여보
응

주워 든
낙엽 한 장 바라보며
빙그레 웃으시는 할아버지 할머니

예쁜 가을일까?
예쁜 황혼일까?

가을도 아닌데

어젯밤 꿈속에
나와 함께 손잡고
단풍 우거진 공원 길을
걸어간 이가 있다

하도 생생하여
이른 아침 공원 길 걷다가
우연히 마주친 꽃단풍

어젯밤 못다 나눈
이야기 하도 많아
손 편지 몇 장 쓰려고
꽃단풍 여러 장 따
책갈피에 고이 꽂아 두었다.

늙은 호박

한평생
투박하게만 사셨다

어쩐대요
울 어머니

모진 비바람 속
패이고 주름진 얼굴

엄니
참 많이 늙으셨다.

아프다길래

어느 날 문득
내 가슴
너를 잊어버리지 않게

바람 되어
너에게로 간다

아프지 마라

너는 가만히
창문 열어두고
기다리면 되는 것을.

새벽을 파는 사람들

동터 오르는 아침처럼
새벽시장에 좌판이 열린다

풍요로운 들녘 끝
누구누구네 집 텃밭에
푸성귀와 과일들이 떡하니 자리 잡고
상표처럼 앉아있다

조금 후면 모두
어디론가 팔려 갈 것이다

시장통 아낙의 정겨운 입담처럼
누군가의 집에서 담백한 상차림으로
맛깔나게 버무려지고 있을 것이다

이래저래
새벽시장의 아침은
사람 사는 냄새로
왁자지껄 분주하게 움직이고 있다.

추억

하늘 맑은 날
하늘 한번 올려다보고

곱게 물드는 공원길
할매와 내가 걷고 있다

어깨동무한 세월
그냥 좋아서

고운 잎 한 장 주워
할매 손에 쥐어 줬다

늙은 할매 얼굴에
함박웃음 짓길래

처진 어깨 바로잡아 주며
함께 따라 웃음 짓는다.

늘 푸른 줄 알았지!

우쭐대며 살아온 꼴이라니
세상에서
네가 제일인 줄 알았더냐?

꽃 피고 꽃 진다
이쯤 돼서 깨닫는 걸 보니
나잇살 괜히 먹은 건
아니었는가 보다

한철 기 살았던
푸르른 나뭇잎을 보라
가을 되니 불렸던 몸
벌레 먹고 곱게 물들더니
사정없이 제 몸 내던진다

공손한 가을에 배운다
비우고 지우고
겸손한 자세로 낮아지는 것을
올려다본 하늘도
쓱 하고 구름 지우는 중이다.

제4부 겨울이 오면

설꽃

이 얼마나
아름다운 청춘인가

가슴 뛰는 일이다

산에도 들에도
공원 길 빈 가지 위에도
사랑 빛 하얗게 피어 있다.

첫눈

지루하게
흑백 영화가 상영되고 있다

작자 미상이다

주연배우도 없다
조연배우도 없다

거대한 상영관에
바람만 거세게 불고 있다

감흥도 없이 일어서려는데
클라이맥스처럼
첫눈이 내리고 있다.

바람 가는 길

십이월도
둘째 날이 간다

달랑 남은 한 장에
눈길 가는 건 뭐지

오늘이 내일이고
내일이 오늘이기를

주워 먹는 건 나이뿐

아직도
평행선을 찾지 못했다.

12월 강가 저물녘 풍경

민머리 억새가
바람결에 흔들린다

길 가던 나그네
어디쯤 바라보다
죄인처럼 서 있고

만삭의 강물 위로
물새 한 마리 날고 있다

시린 물빛에
오싹 한기가 든다

설핏 떠 있던 해
서산마루를 넘어가고

풍경 한쪽이 일과를 접고
어둠 뒤로 사라지고 있다.

겨울 산

핏기 잃은 산이
허리 굽은 채
말없이 앉아있다

아! 아버지

키우고 공들였던 자식들
떠나간 뒷마당이
외롭고 쓸쓸한 줄
저 산 보고 알았다.

고운 말 한마디

천 냥 빚도
갚는다잖아요

너와 나

따뜻한 햇살이
오래도록 머물렀다.

겨울의 길목

생의 뜨락에
가랑잎 구른다

무에 그리 급한지
바람개비가
자꾸만 십일월을 잡아
돌리고 있다

떨치고
다 던져버리면
아픔도 잊히기 마련인데

삶의 간이역 같은 길목에
영혼의 울림 같은 비가 내린다.

군고구마의 추억

문풍지 우는 창가에
시린 달빛 내린다

살얼음 동동 뜨는
동치미 한 사발 그립다

구진 한입 채우려
호호 불며
먹던 군고구마

아랫목 화롯가에
도란도란 호랑이
담배 피우던 옛이야기

따뜻한 눈으로
정겹게 쓰다듬던
아버지 어머니가 계시고

노란 속살
달콤한 맛
아릿한 어린 시절 그립다.

겨울밤

하늘을 반쯤 열고
달빛 시린 밤

맨발인 바람이
밤새도록 울고 있다

벚꽃 한창이던
춘삼월 그리며

겨울잠 자는
나무들 어찌하라고.

진눈깨비

찬 서리 맞은 국화꽃
두어 무더기 잠시 머물던
깊어진 겨울 풍경 저쪽 그리움 너머

긴 겨울 지루하듯
흔들리는 마음처럼
바람에 뒤엉켜 눈비가 옵니다

아마도 그리운 사람 만나러
남녘 끝을 다녀온
나그네 마음이지 싶습니다.

12월의 기도

내 생전에
누군가를 위하여 기도합니다

내 이웃에 이웃을 위하여
기도합니다

고요히 마음을 열고
무릎 꿇고 앉아서 기도합니다

방금 흘린 눈물이
헛되이 되지 않기를 기도합니다

죄인 된 우리를 위하여
기도하신 이
선한 이의 마음이 합쳐져
가장 높으신 분에게
전해지기를 기도합니다.

햇살 한 줌 그리운 날

바깥공기
참 차갑다

이 시린 겨울날
볕을 쬐고 앉아
훈훈한 온기 퍼 나르는
따뜻한 시 한 편 쓰고 싶다

시리고 아픈 이들을 위하여
햇살 등에 업고 걷는
무지갯빛 꿈꾸는
따뜻한 봄날 같은 시!

11월 끝날

누군가는
그 자리를 차지하고

누군가는
그 자리를 비워 주듯이

비워 주는
아침이 섭섭하다

그런데 왜 이렇게
시리고 아픈 건지

이유인즉
11월을 내가 참
많이 좋아했다는 거다

잘 가시게
11월.

못과 나 그리고 아내

아내가
오래전 벽에 박아둔 못을 뽑느라
애를 쓰고 있다

부식되고 녹이 슬어
쉽사리 뽑히질 않는가 보다

내가 언제 적
박아 놓은 못이었을까

공연히 미안한 생각이 들어
슬그머니 다가가
녹슬고 부식된 못을 뽑아 버렸다

아내가
빙그레 웃는다

행여 아내의 가슴에
못을 박은 적은 없는지
괜스레 미안한 생각이 든다.

약속

아직도 그곳
그 자리에 계시는군요

미안합니다
손가락 걸고 맹세했던 다짐
까마득히 잊고 살았습니다.

아내의 외출

옆에 있을 땐
그저 그러려니 하다가
잠시 집 비웠을 뿐인데
왜 그리 허전한 거지

지지고 볶고
수십 년 같이 산 세월
속내 같은 거 너무 잘 알아서
같이 있을 땐
그리도 재미없더니만

달도 별도 쓰러지는 밤
먼 길 갔다가 돌아오는 길
아무 일 없이 기다리고 있다고
형광등 불 밝혀둬야지.

그리움 자리

묻지 마셔요
아픈걸요

다들 떠나간 자리

저리도
꽃피우고 있다는 거

마음 한구석
아직도 누군가를
기억하기 때문입니다.

감지기 부부

그때 기억나
응 뭘

철이 없어 몰랐지
우리 마음이
솜사탕이었거든

노부부 둘이 길을 걷다가
솜사탕처럼 생긴
꽃 한 송이 꺾어
슬그머니 건넨다

어머
이걸 어째
아무래도 우리 마음
감지기인가 봐.

마음에도 설탕을

쓰디쓴 커피에
설탕
듬뿍 넣은 것처럼

쓰디쓴 마음에
달콤한 사랑
듬뿍 첨가하였더니

만나고
헤어지는 사람마다
왜 이리 예쁘고
달콤하게 녹아들지!

그러려니 하며 산다

나이 드니
병원 가는 일
약봉지만 늘어나더라

무릎이며
어깨 관절
우드 둑
세월 무너지는 소리

꼿꼿한 나무처럼
팔팔하던 기운
다 어디로 갔을까?

지난 일
달력에 동그라미 쳐놓고
껄껄껄 빈칸 채우며
감사로 산다.

한 잔 술 기울이며

벗들이 아프단다
여기저기 고장 난 곳
한두 군데가 아니란다

써먹긴 많이 써먹었지
우리도 이젠 늙는가 보다

첫말부터 건강 이야기
거나하게 술 몇 순배 돌리며
한 친구가 말하기를
누구누구 세상 뜨고
누구누구 아파서
몸져누워 있다고

남은 생 건강하게 살다가
맑은 정신으로
소풍 길 떠나면 좋으련만
촉촉이 젖은 눈가에 눈물만 그렁그렁
자주 만나세 우리 이렇게 만나
웃는 일 얼마나 있겠는가

서녘 하늘 노을처럼
황혼길 짙어 가는데
술잔 비우고 껄껄껄 웃으며
손잡아 주며 떠나가는 뒷모습들
자꾸 작아만 보인다.

바람처럼

아무래도
역마살이 도졌는가 보다

젊은 날
집시처럼 떠돌던

들판에
지천인 꽃들과 조우했고

석양에
지는 노을 바라보며
어디쯤 걷고 있다.

석양

노인 한 분이
지팡이를 짚고 걸어가고 있다

해지는
노을 쪽으로

거친 숨소리가
조용히
서녘 하늘을 물들이고 있다

붉고
아름답게.

구두 수선집 아저씨

지나온 길에
칼을 대고
터진 발뒤꿈치를 꿰매고 있다

약 발라
광도 내고 반짝반짝

앞으로 걸어갈
누군가의 새 길을 위하여!

가시

손톱 밑에
가시 하나 박혔다

박힌 가시를 빼내기 위하여
바늘로
손톱 밑을 파보는데 피가 난다

손톱 밑에 박힌 내 가시만 알았지
나는 얼마나 많은 가시를
위장하며 마음속에 숨기고 살까?

아프다
파보고 나서야 깨닫는
저 저 검붉은 피 흘림.

찐빵 울음 울다

가녘에 있는 찐빵집에 들러 값을 치르고
모락모락 김이 나는 찐빵을 들고
이제나저제나 아들을 기다리고 계시는
비영비영하신 어머니 뵈러 집으로 간다

어릴 적 꼬마인 아들을 위하여
즐겨 만들어 쪄주시던 찐빵
찐빵 속에는
게걸스럽게 먹던 개구쟁이 모습이 어른거리고

오늘은 비영비영하니
이승잠 주무시던 어머니가
아들이 들고 온 찐빵을 맛있게 드시고 계신다

입안 가득 오물오물 삼킬 적마다
고맙다고 하시는 어머니

어머니는 울고 있다

푹 꺼진 눈언저리 주르륵 흘리는 눈물

무릎 꿇고 개개빌다 앉아있는 아들을 품으며

어머니가 그토록 기다리시며

그리워하였던 날들을

※ 우리말 뜻
가녁 : 변두리나 한쪽 모퉁이 (둘레나 끝길)
값 : 사고 파는 물건에 일정하게 매겨진 액수
이제나저제나 : 어떤 일이 일어나는 때가 언제일지 모르는
비영비영 : 병으로 몸이 야위어 제대로 가누지 못함
게걸스럽게 : 몹시 먹고 싶거나 하고 싶은 욕심에 사로 잡힌 듯 하다
이승잠 : 병중에 계속해서 자는 잠
개개빌다 : 죄나 잘못을 용서하여 달라고 간절히 빌다

제목 : 찐빵 울음 울다
시낭송 : 박영애
스마트폰으로 QR 코드를 스캔하면
시낭송을 감상할 수 있습니다

굼벵이의 사계

유영서 제4시집

2023년 7월 26일 초판 1쇄
2023년 7월 28일 발행
지 은 이 : 유영서
펴 낸 이 : 김락호
디자인 편집 : 이은희
기 획 : 시사랑음악사랑
연 락 처 : 1899-1341
홈페이지 주소 : www.poemmusic.net
E-Mail : poemarts@hanmail.net

정가 : 10,000원
ISBN : 979-11-6284-459-5